백 년의 토끼와 흰말과 고양이

시작시인선 0343 백 년의 토끼와 흰말과 고양이

1판 1쇄 펴낸날 2020년 7월 30일
지은이 김복태
펴낸이 이재무
책임편집 차성환
편집디자인 민성돈, 장덕진
펴낸곳 (주)천년의시작
등록번호 제301-2012-033호
등록일자 2006년 1월 10일
주소 (03132) 서울시 종로구 삼일대로32길 36 운현신화타워 502호
전화 02-723-8668
팩스 02-723-8630
홈페이지 www.poempoem.com
이메일 poemsijak@hanmail.net

ISBN 978-89-6021-506-1 04810
       978-89-6021-069-1 04810(세트)

값 10,000원

백 년의 토끼와 흰말과 고양이

김복태

천년의
시 작

길들여진 바퀴들이
공회전할 때가 위험하다
동굴 쪽으로 던진 부메랑은
돌아오지 않았다
누군가 말했다
반딧불이야, 별이야

차 례

시인의 말

제1부

봄의 서랍

서랍 속에 쌓이는 눈 열기만 하면 되는데
바람이 들어갈 작은 틈이 벌어지기만 하면 되는데
꽃잎의 부드러운 손길 한번 스치면 되는데
소매 속으로 스미는 바람, 왜 봄이어야만 하는지 모르겠네
춘분이 난분분 서랍을 열고 있군
춘분이 눈의 서랍에 갇혀있다 봄은 너무 오래 걸린다
내가 아는 서랍은 내가 아닌 곳에 더 많다
낮의 서랍에 가두어놓은 밤, 벌의 침이 들락거리는 서랍
공중을 열고 있는 초록 서랍
아! 냄새가 진동하는군, 누군가의 서랍을 엿본다는 것
멈출 수 없는 호기심으로 미로에 갇히고 마는 불장난
난장亂場이 되어버린 서랍 속 꽃이거나 춤이거나 새이거나
알 수 없는 몸들이 줄줄이 매달려 엮여 나온다
사방이 소란스럽고 빽빽해지는 산,
밤의 서랍이 분주해지기 전 매미의 잠꼬대가 울려 퍼지기 전
눈이 부신 나는 내 안의 서랍을 당기기 전에 한 발짝 뒤로
물러서서 먼 산을 본다 남의 서랍이나 기웃거리다가는
햇볕에 들키기 쉽다 나는 아끼는 서랍을 밀봉해 둔다
숲의 메아리들이 반짝거린다. 거풍의 속도가 점점 빨라진다.

바다의 편지

질문과 대답이 한자리에 모여있지
바다에 가면 아이도 어른도 편지를 받지
바다마다 모두 다른 편지들
연필도 종이도 필요 없는 편지 쓰기
오래 서있으면 들리는 편지
아이가 더 잘 쓰고 더 잘 읽는 편지

모래부터 읽고 집을 짓기 시작하지 아이들
바다에 모인 맨발들이 편지를 읽고 쓴다.
우체부 없이도 배달되는 곳

청진기가 모르는 가슴의 말을
바다는 알아듣는지 몰라
바다의 입술에 내 귀를 대면 들리는 말들
바람의 이마와 가장 가까운 물결 때문일까
오래전에 부친 편지를 내가 받아 읽는다.

날마다 새롭게 부쳐 온 편지를 읽는다.
어제가 아닌 내일의 말들
알 수 없는 대답이 와도 좋은 곳

>
묻기만 하고 대답은 안 들어도 되는 곳
질문과 대답을 내 맘대로 할 수 있지
멀리 오래 바라볼수록 대답이 확실한

파랗게 빛나는 심장 어디쯤
울음을 달래어 만든
삭힌 말들을 믿는다.
산이 바다에 와서 누구냐고 묻지
바다가 산에 가서 누구냐고 묻지

개쉬땅나무의 겨울잠

개
쉬땅나무 아래까지
겨울잠이 지나갔다
개
가 오줌을 누고 달아났다
순간 새파랗게 잡풀이 돋았다
잡
풀이라니 잡이라는 풀은 없지
봄 까치꽃이 말했다
개가 오줌을 지린 자리마다 잠에서 깨어난
풀들이 꼬리를 친다
개쉽싸리, 개비자나무, 개복숭아, 개살구, 개망초,
개조개 넣은 봄 쑥국이 생각났다
멀리 보이는 산 쪽으로 수군수군 벚꽃들
목화꽃을 닮고 싶은 개쉬땅나무
하얀 솜이 삐죽삐죽 나온
꽃 이불을 덮고 잔다고 했다
산꼭대기까지 꽃불이 달려들어도
바닥에 누운 개는 꼼짝도 하지 않는다
탱자나무 울타리 안쪽에 꽃잔디가 피었다

개나리도 병아리도 노랑만은 아니지

개쉬땅 개쉬땅

단추 박물관

단추 박물관에 갔다 고리와 고리로 얽어맨 단추, 헝겊을 꼬아서 만든 단추. 조개껍질, 나무, 호박 단추 어느 가을 날 실도 없이 맥문동 몸 끝자락에 새까맣게 엉겨 붙은 단추들 햇빛은 어느 박물관에도 없는 단추를 풀꽃 위에 나무 위에 만드는 걸 알았다 자연은 단추 박물관 저절로 잠기고 저절로 열리는 자동 단추 공장 사람 몸속에도 단추를 만드는 공장이 있다 엿같이 사탕같이 달콤한 공장 햇빛보다 달콤한 눈빛단추로 그는 나를 꼭꼭 여미고 살아간다 마음으로 열고 잠그는 사랑단추 제일 예쁜 단추는 햇빛이 만들고 그중 달콤한 단추는 마음이 만든다 설당雪糖, 설탕 아니, 서당西塘 단추 박물관에는 햇빛단추 눈빛단추 마음단추 들이 주렁주렁

칼의 동행

김밥 둘레에 여럿이 모여 앉아있다

김밥도 한때 뜨거운 꽃이었나

빨강 노랑 파랑 수술이 잘려있다

동백꽃은 칼의 명령이 없이도 목을 자르는 누가 있다

칼이 스미지 않으면 향기도 빛도 모르는 검은 몽둥이 김밥

노오란 꽃술이 없으면 동백이 아니듯

포정의 칼이 소를 모시듯

동백을 자르는 바람의 칼이 무디어진다면

꽃이 아닌 핏방울

김밥을 먹으며 잘린 동백의 끓는 피를 생각한다

금강이 오는 저녁 강

한강에 와서 금강을 부른다
저녁의 강은 저녁에 없고 한낮에 오는 저녁
저녁에게 물었다
금강으로 가는 길이 어디냐고 묻다가
금강錦江이 금강金剛으로 단단해질 때까지
너무 오래 혼자 강을 놓아두었다

나비는 쉽게 잡히지 않았다
오래 참았던 입맞춤처럼 순간으로 오는 것
강은 누군가를 건너가게 하기 위해 다리를 놓는다
이제 겨우 저녁이 보이기 시작했다
고향은 가는 게 아니라 오는 것
마음속에 꼭꼭 숨은 어린아이
참을 수 없을 때 몸 밖으로 흐르는 눈물 같은 것
달보다 먼 곳이다가 가끔 입안에 굴려보는 알사탕이다가
이슬비를 품고 있는 버들강아지 같다

생각날 때마다 끓여 마시는 숭늉이다
손가락으로 눌러보는 뜨거운 밥이다
귓가에 들려오는 솔바람 속이다

고향은 품 안으로 뛰어드는 강아지

깜박깜박 밥을 태운다

금강의 노을은 숨 쉬기 좋은 곳

아기가 쭉쭉 다 빨아 먹고 시원해진 젖가슴

금강 철교 지나 연미산 쪽으로 넘어가는 노을은

오래 길들여진 숭늉 같다

늦은 점심을 먹고, 노을에 밥 말아 또 저녁을 먹는다

백년의 토끼와 흰말과 고양이

말들은 여전히 당근을 좋아하고 고양이는 언제나 발톱을
감추고 있지 흰말은 긴 다리와 꼬리, 동물들은
영역 표시를 잘하는 편이지

백년은 누군가의 이름 백년은 너무 오랫동안 집을
비웠군, 청소부들이 필요했을까? 마른 들판은 토끼
들의 운동장, 토끼들의 놀이터였지

동물원의 주인은 백년인데 청소부들은 마른 숲속을
가로지르고 푸른 거북이는 강가에서 낮잠을 자는 동안

백년은 고개를 갸우뚱 뒷손질로 또 다른 백년에게
엉덩이 뒤에 감춘 바통을 슬그머니 넘기고 있네

구름은 울고 싶어도 울 수 없어서 한강 위에 까맣게
멈추어있지 보이지 않는 별들도 궁리를 찾아 밤하늘을
떠나지 못하고 바다 쪽으로 말을 잃고 흘러가는
백년의 눈물, 소금꽃이 되었겠다
보이지 않는 백년에게, 안부를 물을 수 없네

바람 1

병아리 등을 타고 가는 나비

아궁이 속을 질주하는 마른 장작의 불꽃

증기 기관차의 기적 소리에 놀란 검은 연기

볼 가득 도토리를 물고 달아나는 다람쥐의 꼬리

함석지붕 등을 때리고 쏜살같이 달아나는 소낙비

바닷가 쪽으로 모두 기울어진 소나무의 허리

허공 한 바퀴 돌아온 도리깨의 긴 팔 아래 사방으로 흩어진 콩

다듬잇돌 위에 퍼붓는 방망이와 방망이 사이

빙판 위를 달리는 썰매와 오색 팽이의 채찍질

레몬의 첫 입술

카페 〈레몬〉에 그녀가 살고 있다
레몬은 입술과 혀의 관계에서 비롯된다
고양이의 목소리는 입술과 닮아있다
레몬~ 하고 부르면 향기까지 따라올까?
레몬~ 하고 부르면 그림 속에 있는 레몬도 까치발을 든다
라라와 마테라는 그림 속에 살고 있다
고양이 꼬리를 닮은 그녀의 입술에는 소리가 숨어 산다
나비라고 부르는 진짜 나비는 그녀
레몬티와 레몬그라스를 나르는 그녀는 발소리를 죽이고
카페 안을 서성거리다가 벽에 붙은 어항 속을 들여다본다
물방울과 그녀는 아무 말도 하지 않고
창밖의 레몬 나무는 제 몸속에 가시를 감추는 걸 아무에게도
들키지 않는다
와인을 즐기는 그림 속 마테라,
삶은 달걀을 굴리고 싶은 고양이와 실뭉치,
라라도 그림 속에서 나와 카페 안의 풍경이 됩니다
새와 개미와의 관계처럼 서로 무감하지만
나이가 깊어진 마테라는 억양이 한 뼘 낮아졌을 뿐
초록의 기억과 냄새가 그녀의 손끝으로 전해집니다
긴 침묵 속에 잠긴 그녀

냄새로 들키던 시절보다 레몬의 이름은 모든 이들의
위로가 됩니다
그린 카페에 오래오래 살고 있는 그녀, 애인을 부르듯
레몬을 부릅니다
레몬의 향기로운 입술이 닿을 때마다 오래 기억되는
또 다른 입술
라라와 마테라는 레몬 카페의, 또 다른 레몬

무늬의 정원

무늬들이 숲을 이루고 있다 하루에 다섯 번씩 숲은 이마를 바친다 무늬는 무늬들의 손을 잡고 미로 속을 걷고 있다 귓속말들이 제일 크게 들리는 숲, 무늬 속으로 무늬 속으로 들어가면 비밀의 정원으로 가는 계단이 숨어있을 것 같다 무늬는 무늬들에게 서로 착한 말들을 전한다 곡선의 무늬가 직선을 끌어안고 대칭의 무늬들이 서로 마주 보고 웃고 있다 무늬 속에는 모르는 시간들이 들어있다 무늬는 무늬에게 흥건하게 고여있다 무늬의 노래는 시간이 듣고 또 다른 무늬의 밑그림이 된다 무늬에 걸려 넘어져도 다시 무늬의 꽃이 핀다 무늬 속에서 무늬만 그리다 죽은 사람들이 무늬가 되어있다 무늬의 정원사들은 코발트블루 애호가들 핀 가든* 물의 정원에는 하루 종일 나뭇잎들이 코발트블루를 가지고 논다 아라베스크의 한쪽 문을 열고 들어가면 겹겹의 푸른 문, 열고 닫고 열고 닫혀 생각이 겹치는 무늬들 등나무 가지 사이로 보이는 파란 하늘 저 거울 속으로 석류들이 쏟아진다 무늬 속을 걸으며 무늬가 되어보는 무늬의 여행 시오세폴 다리** 위로 무늬를 감춘 여인들의 깊고 커다란 눈들이 지나간다 자얀데 강물***에 오버랩된 또 다른 내 무늬들이 물 담배 속으로 서서히 빨려 들어갔다가 뿜어져 나오는 게 보였다 세상과 나 사이의 모든 무늬들이 컬러로 놓이다

가 흑백으로 되감기며 무늬들의 시간을 조이고 있다

* 핀 가든: 이란 사파비 왕조 시대의 전통 정원.
** 시오세폴 다리: 이란 이스파한 시오세폴 다리.
*** 자얀데 강: 남북으로 이란을 가로지르는 자그로스산맥에서 발원한 강.

새 달력은

나를 일으켜 세운다
동백꽃을 흩뿌리며 매화 가지는
머리에 얹고, 벚꽃 눈송이 길 위에 뿌리며
동그라미 안쪽 빨간 글씨들이 손을 흔들고
울타리 밖에 까맣게 써놓은 숫자들도 함께 가방을 싼다

무거운 새 달력이 가벼워진다
날짜들은 날개를 달고 떠오른다
가방이 날아오른다 푸른 하늘은 책상이 되어 글씨
연습을 해야 한다고,

"먹구름을 갈아라. 내 눈물을 채워서 엄마의 새 신발과
이쁜 영정 사진을 넣어라. 내가 쓰던 붓과 화선지
왕희지 행서체, 동파의 적벽부……"

"이제 좀 얼굴이 좋아지셨어요, 아버지."
"그렇게 되어서 낭패로구나!"

작년 12월로 돌아가고 싶은데 새 달력이 나를 일으켜
세우면 어떡하라고 아버지는 새 달력을 엎어놓으신다

>

이쁜 토끼 등에 업혀서 꿈같은 잠을 자고 싶은데 아버지는 무거운
새 달력을 등에 업고 거실 한쪽에 붙박인 검은 자전거 위에서
시간이 말을 잘 안 듣는다고 숫자 판을 탕탕 내리치신다

시간은 아버지 발바닥을 붙잡고
하염없이 내리는 눈은 허리까지 차는구나

낙엽이 보내는 엽서들

받는 이와 보내는 이가 동일한
귀로 읽는 책이거나 맨발로 부르는 노래
누구에게나 말을 거는 명랑
그림자를 움직이게 하는 마술
심하게 넘어져도 상처를 모르는
비바람에도 까르르 편지를 보낸다
발을 헛디뎌도 받아줄 곳이 너무 많은
아무도 그의 울음소리를 들어본 적이 없다는 것
무정형의 정형과 말소리가 들리지 않는 무성영화
높은 곳에서 만들어진 말들이 가벼워지면서
자유로운 토론이 되어버리는
시간과 공간이 응축된 한 권의 책
인지대, 저작권, 발행 장소가 자유자재인,
눈 감고도 읽을 수 있는
유쾌한 낭만주의자 속수무책으로 잘 팔려나가는
나 대신 말해 줘, 너처럼 살았다고
네가 가는 곳 어디든지 따라갈게
더 하고 싶은 말 네 얼굴에 써져 있잖아
왼발이 앞에 있지 다음은 오른발,
유치해라 사랑한다는 말

호랑가시나무 담장 옆 레몬 나무

노랑보다는 조금 부족한 거니

고양이의 춤은 모르는구나

발톱 끝을 몰래 살짝 도려낸 것

아기 손이 깜짝깜짝 놀랄 테니까

안남줄무늬토끼의 한쪽 면을 꼭 닮은

노란 맨발의 뒤꿈치를 들고 달릴 것 같은

너의 반경 백 미터 밖까지 성내는 사람 없을 테니까

호랑가시나무 담장 옆 레몬 나무

냄새의 그늘은 없는 거니

바람만 불어도 구석까지 들켜버리는

가위가 하는 일

말라버린 가지는 쳐버려야 된다고
믿는 전지가위가 있지
저 혼자 꽃을 자르고
잎을 자르고
나무의 줄기를 자른다?
가위 혼자 버둥거려 봤자
꽃잎 하나 자를 수 없지

죽은 가지 자르려는데
산 가지와 서로 등을 비비고 있다
거미줄을 떼어내려고 하는데
덩굴손이 잡고 놓아주지 않는다.
누군가를 선택해야 한다
아무것도 자를 수 없다
전지가위를 든 손에서 힘을 뺀다

종 모양의 작고 흰 꽃을 휘감고
거미줄이 한 번 더 팽팽해진다.

앵두가 다녀갔다

아직 오지 않은 그 여자
앵두가 익어갈 때마다 오는 여자
앵두를 즐겨 부르던 여자
앵두를 세어보기만 하던 여자 앵두를 놓고 달아난 여자
앵두 속에서 울던 여자 앵두를 기다리던 여자 앵두의 입술로만
말하던 여자 앵두를 뛰쳐나오고 싶어하던 여자

앵두가 오는 계절엔 늘 뻐꾸기와 함께 와서 우는 여자
앵두나무 둘레를 돌기만 하는 여자 앵두는 놓아두고
떠난 여자 앵두가 무서운 여자 앵두밖에 모르던 여자
앵두를 보고 날뛰던 여자 앵두 속으로 스며든 여자
앵두로 웃고 앵두로 울던 여자 앵두의 입술로만
말하던 여자

저 많은 앵두를 놓고 앵두가 된 여자
앵두가 도무지 무엇인지 모르는 여자
앵두가 썩어도 눈 딱 감고 삼키던 여자
앵두라는 말이 입에 착착 감겨 와서
나도 모르게 불러본 여자

습관이라는 얼룩

하루를 만지고 온 네 손이 붉다
나갔던 손들이 산기슭으로 돌아오는 저녁
빛을 감추지 못하는 너
구름 저쪽으로 비켜서서
서쪽의 가장자리를 빙빙 돌고 있다
어부의 저녁도 파도도 붉다
내 걸음도 너의 빛깔과 닮아간다
저울에 올라간 하루가
무게 없는 빛깔들과 이별한다
먼 가장자리가 중심으로 몰려온다
슬픔의 무게는 눈물로 지워지고 가장 가벼워진
한순간이 지나간다
바다 위에 황금 바다 태양과 바닷물을
절여 만든 분홍이 습관처럼 밀려온다
풀의 몸에서 구름의 손까지 일몰의
습관은 계속된다
하루가 다른 노을의 습관으로
아침이 다시 길들여진다

보고 싶다는 말이 핀다

'보고 싶다'가 아주 작은 민들레로 앉아있다
노랗다 샛노랗다
'오래오래 보고 싶다'가 하얗게 날아오른다
'보고 싶다'는 너무 멀리 간다
별들이 수없이 흘러내린다
물길이 생겨나고 흐른다
계절도 없이 열매도 없이
이 말의 일생이 쏟아져 내리면
몹시 푸른 바다가 된다
물속에서 소금 타는 냄새가 난다
이 말은 바다라고도 하고 폭포라고도 하고
보이지 않는 섬이라고도 한다 몹시 푸른
이 말이 부러진 나뭇가지 사이에 걸려 있다
잘라낸 손톱 닮은 그믐달이 왼쪽으로 눕는다
날이 밝으면 또 어디론가 가버린다
'보고 싶다'는 달 속의 짐승인가
캄캄해지다가도 환하게 떠오르는

엘리베이터

공중의 골목
이 골목은 반드시 번호를 눌러야 나타난다
언제부터 골목들이 공중으로 올라가게 되었을까
골목엔 하늘 대신 천장이 보였다
그림이 되어버린 골목에게 편지를 쓴다

나는 가끔 옛 골목들을 불러 세운다
기대고 싶어서 찾는 곳이다
무거운 가방이 가벼워지는 순간 엄마가 부르는 소리
오동나무가 있는 앞뜰 작은 마당엔
빗자루 자국 위에 새의 발자국
어린 왕자와 빨강 머리 앤이 다락방에서 기다리고 있다
몸이 기억하는 오래된 골목은 그림이 되어갔다

골목을 잃은 사람들이 엘리베이터의 버튼을 누른다
빠르게 구석 쪽으로 몸을 옮기고 측면을 응시한다
검은 마스크와 헬멧, 피자와 닭튀김 냄새가 먼저 오른다
잃어버린 골목들은 대체로 저녁에 온다
TV에서 가끔 골목 식당을 부른다

\>

봄, 여름, 가을, 겨울이 모두 같은 공중의 골목은 싫다
그림이 된 골목들
자주 눈을 감아도 골목은 내려오지 않는다
가끔 창문 밖으로 사다리 골목이 빠르게 사라졌다
골목을 잃은 골목들이 주르르 벽으로 달라붙는다
공중으로 더 이상 올라갈 수 없을 때 사람들은
교회에 가거나 절집에 가거나 놀이공원을 찾는다

꽃 앞에 서면

어디 먼 데서 온 손님 같아서
악수부터 해야 할까
입맞춤이 먼저일까
꽃 앞에 서면
얼음 속에서 불 속에서 왔는지
알 수가 없다
꽃이 여기 오기까지
바람이 지나간 자리마다
푸른 잎 세워 새로 날아오른다.
단 며칠간의 꽃의 육신
바람에게 빚을 갚듯이 가을엔
꽃도 잎도 모두 바닥에 엎드린다.
꽃은 사람에게 제일 먼저 무슨 말이
하고 싶었을까
나의 내부에 잠자고 있는 알 수 없는 꽃들
꽃들의 장례를 치르듯
꽃의 정신을 배운다.
사람은 사람으로 살다 가는
보이지 않는 열매
흙 위에 나비처럼 고요히 내려앉은
살, 그리고 살

제2부

허수아비

해를 안고 도는 지평선
끝 점을 따라가 보면
결국 다시 만나게 되는
나라는 한 점

나를 바라보는 수많은
허수들과 마주 서계신

웃는 달력 1

새 달력이 나왔다 날짜는 작아서 잘 보이지 않고 웃는 얼굴뿐이다

일월도 웃고 이월도 웃고 삼월도 웃는다 달력이 이상하다

웃는 달력은 모든 것을 전염시켰다 웃음의 질주로 난장판이 되었다

웃는 달력이 나의 무릎을 꺾으며 웃는다 벽은 웃음 때문에

물렁물렁해졌다 웃음을 외면할수록 부드러워지는 슬픔

웃는 달력 때문에 나의 불면은 극에 달했다 웃는 달력은 나에게

폭력이다 잠들려는 나를 웃으란 말인가 달력의 각을 바꿔놓는다

저 쓸모없는 웃음 때문에 엉망이 되어버린 나는 웃음의 종족에서

밀려난 사람 날짜들은 횡렬 종대로 일주일을 버틴다 웃음의 배후를

조종하는 날짜들이 방 안에 꽉 차있다

>

웃음을 외면하다 보면 매번 날짜들과 부딪친다 웃는 달력은

타협을 모른다 가소로운 웃음뿐 우는 법을 모르다니 얼굴이 두꺼운

그가 새벽 방 안으로 스며드는 밥 냄새를 알까

웃음의 종족이 바뀌고 있다 주인님 얼마나 웃어드릴까요?

책상 위의 달력이 묻는다

콧잔등에 나비가 미끄러지고 이빨 사이로 붉은 꽃이 피어나도록 너는

웃고 있지만 고장 난 내 웃음을 수리할 수리공은 어디에도 없다

그래도 칸나

몰래 빼든 칼이 아닙니다
칸나의 칸나 자르기 말입니다

칸나는 오지 않고 칼을 보입니다

피 묻은 그것, 흘리고 간 것들이 다시 오는 소리

칸나는 그 칸나가 아닙니다

어느 순간 솟아오를지 모르는
몸을 보인 적 없는

가슴에 피는 칸나의 칼은 아무도 본 적이 없습니다
오래 모셔놓은 칼을 갈아 꽃을 피웁니다

칼이 오고 있습니다

나무마다 빼 든 칼에
베인 흔적이 없는 4월

>

잔인은 사람인가요?

버드나무가 고개를 흔들고
물을 가만히 내려다봅니다.

밥 대로

밥은 먹고 사는 사람
밥조차 먹고 살 수 없는 사람
밥밖에 모르고 밥만 먹고 사는 사람
밥값 하고 산다는 게 무엇인가
밥은 먹는데 밥이 밥 같지 않다
나도 밥값은 하고 살았는지 까마득하다
밥심조차 없을 때 밥에 기대고 싶을 때가 있다
밥이라도 되는 여자가 매력적이다
밥도 모르는 남자를 데리고 살 때
밥은 전쟁이다
엎치락뒤치락 밥과 싸울 때 내가 지면
밥이 왕이다 밥의 신하로 살지 않으려면
밥 길을 조심해라 밥에 베어보면 밥을 안다
제 몸보다 몇십 배, 큰 밥을 끌고 개미가 간다
밥 길 잘못 들어 19년 옥살이 한 장발장의 거룩한 밥
밥이 너야, 길이 너야, 밥이 걸어간다 종로 지하철역
공밥 얻어먹으려고 모여드는 노인들
밥깨나 먹고 산 나는 밥이나 축내는 건 아닌지 요즘
밥이 밥 같지 않다 밥이 간다 길아 너 어디 있니?

어디로 가는 거니? 이런 밥통, 이런 밥통
주먹이 운다. 밥이 운다.

장미의 알파

귀를 닫아버린 장미
입이 가벼운 장미
다리가 탱탱한 장미
여러 갈래의 입술로
냄새를 피우는 장미
청동 가면을 쓰고

장미는 없고 뙤약볕 속으로 허공 속으로 나뒹구는 알파들
계단을 오르내리던 시간들, 짧은 봄의 맨 처음 알파를 떠
올린다.
앵무새에서 파랑새까지 사이프러스 나무 기둥을 타고 오르는
바람기둥의 질주 회오리치는 오로라의 몸

밀레니엄, 밀레니엄 촉촉한 알파들은 어디로 갔을까
장미의 이름을 빌려 쓰고 떠도는 처음의 알파들
알파에서 알파로 가는 장미는 없지, 유효 기한을 넘긴 드
라이플라워들

장미는 타오르는 것, 장미는 없는 것, 장미의 알파에서 메

테오라*까지

　칼람바카** 낭떠러지 아래 장미들, 이름을 떠나가는 처음
의 알파들

　장미의 눈이 비행운을 따라간다.

　장미가 부르는 목소리 따라, 아직 오지 않은 장미를 찾아

* 메테오라: 그리스의 트리칼라 주에 있는 수도원. '공중에 떠있는
　수도원'이란 뜻.
** 칼람바카: 메테오라 아래로 보이는 마을.

홍수

홍수보다 무서운 마른 홍수다
젖은 밥그릇 하나 없다 방바닥을 굴러다니는
빈 술병, 쉰다섯 쉰아홉 마흔 고독한
홍수들은 딱딱해졌다
아파트는 홍수로 불어나는데
땅이 쩍쩍 갈라졌다
갈라진 호수에는 별들도 비틀거린다.
커피 냄새가 길을 메워도 메마른
목구멍들이 리어카를 밀고
꽃의 홍수로 떠내려간 나뭇가지엔
입산 금지 노란 깃발 명을 다하지 못한 초록들
구름은 덜컥 겁에 질려 번개를 걸고 천둥을 밀어냈다
큰물 진다고 했다 고독의 홍수, 침묵의 홍수, 죄의 홍수
죄는 흙탕물에 쓸려 가고 알리바이는 무성하다
침묵 속에 잠긴 말들을 촛불은 깨울 수 있을까
갈라진 마른땅 사이로 과유는 과유로 불급은
불급으로 함께 젖어있다
말을 팔아 혁명을 하던 시대는 갔다
나이테를 세려고 나무를 죽이고 있다
초록의 홍수는 없다고 했다

아파트 숲에 투신한 홍수들을 항간에는
자살 방조로 그냥 휩쓸려 가는 거라고 했다

연필에게 듣다

펜은 아니야 자판기도 마우스도 아니야 연필로 불러오기,
지우기,
지워진 종이 위에 다시 고쳐 쓰기 흑의 연을 찾아가기, 땅속
깊은 곳까지 따라가기, 흙의 맥이 흐르는 곳까지 뾰족한 심을
타고 내려가 심장 소리 듣기 쿵쾅쿵쾅 2B, 4B, 6B

나는 연필을 타고 날아간다. 꿈속에서 가끔 붉은 사막 위로
산을 타고 이동하는 나는, 중생대를 날아다니던 작은 새 점점
어두워지는데 심이 다 되어가는데 깊은 밤 몸을 뒤척이던
연필들은 냄새들을 품어 안고 날개가 돋기 시작했다

연필은 이야기보따리를 쏟아내는 요술 지팡이
기억의 보물 창고를 푸는 열쇠
마음을 들키지 않는 말의 상자

우린 얼마나 먼 길을 가고 있는 거니 퍼즐처럼 이어지는
연필의 성이 저절로 열린다. 사막여우의 발자국을 따라
딱정벌레의 등을 타고 이른 아침 도착한 오아시스,
빨간 눈망울을 굴리며 주렁주렁 매달려 있는 대추야자도
무슨 할 말이 있는 듯하다

\>

달의 계곡에서 가져온 상자를 열자 타임캡슐 안쪽에서
들려오는 소리 아득히 먼 지평선 끝 신기루 쪽으로
시간의 배꼽을 대고 있다
까치발을 들고 서있던 몽당연필이 내게 종알거린다.

문득, 칸나

꽃을 피우는 순간들이 모두 칼이었을까
평생을 쥐고 휘두른 혀의 칼들
슬픔의 벼랑 같은 잎 속의 붉은 혀
안으로, 안으로 타올라 불을 밝히던 여자

누구나 한 번쯤 꽃의 술래가 되는 것

허공을 향해 팽팽하게 꽃을 당기는 하루
분명 꽃이었는데 절벽도, 폭포도 온데간데없다
물소리로 잠시 몸을 입고 찰나를 살다 간 그녀

숨은 칼을 찾으러 가자
혀의 칼들은 빛나는 울음이 되어
모르는 너로 다시 태어난다.
부릅뜬 길 위 꽃의 비명.

시위를 벗어난 칸나에게 문득, '우린 모두
하루잖아'라고 말할 뻔했다

길 가장자리 가을을 다 부딪치고도

붉은 피가 도는 칸나꽃, 무리 위로

까마귀 한 마리

노을을 잔뜩 물고 공중으로 날아오른다

민들레는 얼굴이 없다

예초기에 민들레의 목들이 잘려 나갔다
돌이 튀어 오르며 파란 불꽃이 인다
자주 영혼이 잘려 나가는 민들레는
또 다른 얼굴을 꼿꼿하게 세운다

고속버스를 자주 타는 나는 사람의 얼굴을 본 적이 없다
얼굴을 보이면 한 방향으로 갈 수가 없다
얼굴 가운데 있으나 얼굴이 없는 얼굴의 속도

곤두박질치며 길을 달리던 말들이
구름 한 점 없는 하늘로 날아오른다
민들레는 머리를 놓쳐 버렸다
가로수 위쪽까지 뻗친 울음들
따가운 햇볕에 부딪치며 유리창을 토해 낸다

민들레는 언제나 불안하다
목이 잘려본 것들은 안다
땅에 납작 엎드려 기다려본다는 것
더운 바람이 목을 스치고 지나간다
망각은 잠시 통증을 멈추는 힘

>

민들레 잘려 나간 목 위에 가끔 내 얼굴이 앉아있다
민들레는 얼굴 없이도 웃는다
당신도 목소리만 노랗다
당신의 민들레는 어디로 가고 있는가,
잘려 나간 풍경 사이로 아주 가끔
사람을 닮은 민들레가 보인다

가족 여행
―고흐와 함께

모두 여행을 떠났어요
말을 담아둘 접시도 생각을 나눌
젓가락도 함께 여행을 갔지요
식탁과 마주한 의자들의 시간 여행
보일락 말락 숨은 그릇들이
창업으로 다시 반짝이는 날이 있을까요
폐업을 코앞에 둔 가족사진의 얼굴들이
얼룩으로 흐려진 형광등 불빛 아래 낡아가는
먼먼 가족이라는 이름
빈 밥그릇들만 모여 앉아
각자의 노을을 한 주걱씩 퍼 담고 있는
시간 여행, 투정을 받아줄 노란 지붕과
약속을 기다리는 꽃병 속 해바라기와
별이 빛나는 밤을 노래할 사이프러스와
한쪽 귀를 자른 고흐와 함께

양陽

단옷날이라는데 양陽의 기운이 많은 날이라는데 단오, 단
오, 하다 보면 다아 놀자는 얘기? 놀기에 좋다는 얘기 단숨
에 오월까지 왔다는 얘기 씨름판에서 연못가에서 물방개도
한바탕 시간, 바람, 꽃잎, 벌레, 나비, 꿀벌들도 단숨에 그
네 줄에 걸터앉아 춘향이로 걸터앉아 햇빛그네를 타자는 얘
기 아무것도 거치적거릴 것 없는 거리의 걸인들도 풀잎궁전
을 짓고, 바람나팔을 휘두르며 방자로 놀아나고 방짜로 달
구어졌다는 얘기 먹구름 폭포를 뛰어넘어 달 그네에 앉아
있는 토끼 구경이며 계수나무 둥근 이파리에 앉아있는 풀벌
레들 모두 불러다 이슬주 한 병씩 안겨 주고 햇빛이 엉덩이
까지 흘러내린 우리 식구들은 오랜만에 호랑나비 등을 타
고 뉘엿뉘엿 지는 해를 따라 청평호 호숫가 노을을 마시며
노래도 불러보며 다 해진 단오부채를 겨드랑이에 끼고 배
가 한껏 부른 초저녁 바람에 잠기며 어스름 그늘도 데리고
어둠도 데리고 별들의 머리를 쓰다듬으며 집으로 돌아오는
길, 수련의 수염뿌리와 연잎들의 오므린 귓밥을 슬쩍 엿보
았는데, 해가 길어서라며 수련의 얼굴은 물론 연잎들의 목
까지 길어진 하루

하얀 전쟁

현재의 문은 하나씩 둘씩 굳게 잠기고
과거의 녹슨 문이 조금씩 열린다
허공에는 공포의 총성
머릿속은 날마다 연막이 자욱하다
얘야, 대변을 본 지가 열흘은 되었어
창밖에 누가 와있어
너는 누구니?
어머니는 대낮에도 캄캄하다
아군도 적군도 없이
고양이 털만 하얀 고양이 털만
소리 없이 가라앉는다
꿈속을 헤매는 두 눈
어머니는 캄캄하게 하얗다
끊긴 잠을 탁탁 털면서
하늘 어디 갔니?
어디로 다니러 갔나 봐요
개가 짖는다 짖다가 하늘을 본다
개가 밖에서 문을 긁어댄다
고양이는 똥을 보인 적이 없다
변비가 났다

아니 모른다
안경도 벗어 던지고
아무 걱정이 없어졌다
감은 눈이 평화롭다

울음소리

이팝나무에서는 울음소리가 들린다.
빈 쌀독에서 바람을 긁어모으던 손 때문이다
모르는 섬에서 들이받는 산 염소의 뿔 때문이다
아직 눈감지 못하는 유월의 눈동자 때문이다
바람은 이팝나무에 와서 잠을 깬다
울음의 기억들 오래된 이팝나무에
기대어 들어본다
산딸나무, 때죽나무, 가침박달……
북풍을 견딘 흰 꽃들 불러보면
다듬잇돌 위에서 울던 방망이 소리까지 들린다

안 가본 꽃

모두 다 같이 그 꽃 먹으러 갔지
우리는 모두 안 가본 꽃으로 갔지
안 가본 꽃으로 가는 길 위험하다고?
모르는 소리 꽃구경은 그런 거지
안 가본 꽃은 지지 않는 꽃
꽃구경 가자, 갈비탕 속으로 국그릇 속으로
꽃잎 입술 열어 숟가락을 살살 밀어본다
소주와 겹친 입술은 꽃이 터져
오목교 쪽으로 고꾸라졌다
꽃의 습관은 터질 줄 안다는 것
전봇대 옆구리에 이마가 터져 꽃물이 번져간다
목청을 낮춘 꽃은 오히려 위험한 꽃
안 가본 꽃이, 모르는 꽃이, 내 손목을 잡아끈다.
새로 태어나는 모르는 꽃 간판, 소문을 타고 번져갔다
너무 빨리 달리다 보면 어제도 안 가본 꽃일 때가 있다
어느 날은 여러 번 가본 꽃들의 문을 두드려본다
익숙함의 습관으로 가본 꽃들을 아프게 할 때가 있다
내일은 안 가본 꽃, 그 문을 열어보자

바비오네 식당

엄마! 밥, 하고 집에 들어가도 엄마가 없는 집
문틈으로 스며드는 밥 냄새 도마 소리……
밥이 엄마였을 때 집이 엄마였을 때
바비오네 식당에서 밥을 먹어본 적 있다
자꾸만 입에서 맴도는 바비오 바비오
바비오네 식당 바보 같은 식당
엄마들의 손맛이 몽땅 모여있는 바비오네 집
엄마 밥, 엄니 밥, 배부르게 먹고 어둑해진 저녁
쌀눈 닮은 싸락눈 푸슬푸슬 날려
오므린 낙엽 속에 쌓이는데

없는 이모 없는 엄마 뵈러 간다 태백열차 타고
밥이오, 밥이오, 기적 울리며

엄마가 되어보면, 저절로 나오는 말
엄마가 가장 자신 있는 말
엄마가 제일 먼저 하고 싶은 말
엄마가 사랑한다는 말을 돌려서 하는 말
밥은 먹고 다니는 거?

\>

언제부턴가 그 말 나도 듣고 싶은 말
이제 다시는 들을 수 없는
김이 모락모락 피어오르는 그 말
밤눈 내리는 날 칙칙폭폭 태백열차 타고
바비오네 식당에 밥 먹으러 가야지

꽃의 순간

분홍이 분수처럼 솟아올라요
기억들이 쏘옥 뽑혀 나와요
추억을 오므렸다 펼치는 순간
참았던 냄새들이 들려와요
빛과 시간으로 빚은 꽃잎
마지막 한 장까지 다 써버려도
연습이 없는 꽃의 순간
한 번뿐인 생 잘 풀어 쓰고 계신가요?
아픈 기억은 툭툭 끊어버려요
준비되셨나요?
꽃의 순간을 밟고
빛 속으로 힘차게 달려요

곡우행

안개 자욱한 길을 따라가다 곡우행 기차를 탔지. 오수의 고갯길에서 깜빡 잠이 들었네. 남원 지나 곡성, 곡성 지나 보성 산 벚꽃 새소리도 함께 가는 길. 길고 긴 터널을 지나 깨어보니 아름드리 메타세쿼이아 길.

보성 차밭 한가운데로 감아 도는 안개는 구릉 쪽에서 능선을 따라 올라가고, 젖은 몸을 말리고 있는 보리잎들 가장자리로 개개비는 콧노래를 쏟아붓고 바람은 자꾸만 어린 찻잎을 깨우고 간다.

봄비를 밀어 올리는 연두 연둣빛들이 방죽을 한 바퀴 휘돌아 물의 표면에 찻물을 끓이는 한낮.

사람들은 모여 앉아 우전이네 세작이네 차를 가름하는 동안 풍경이 먼저 와 차 맛을 보고 간다.

증편에 개피떡 화전을 부쳐 소쩍새에게, 사과나무에게, 씨 뿌리는 농부에게, 차나무들도 혼곤히 취해서 봄비에 잠긴 역.

폭염

아스팔트를 횡단하는 뱀

길 건너 푸줏간 도마 위
정적을 가르는 칼날이 스―윽

허공을 날름거리는 해의 혓바닥

콩밭 머리 촌로의 새까만 등을
타고 내려오는 땀방울

바람은 속눈썹 한 올 깜박이지 않고

허물을 벗고 달아나듯 폭염은,
아무도 곁에 두지 않는다

제3부

숲과 새

보고 싶다는 말,
그 말을 입안에서 오래 굴려보면
맷돌에 넣고 가는 콩처럼 으깨진다
거품이 끓어오르듯 끓어올랐다가
솟구친다, 수증기처럼 날아오른다
구름 속을 뚫고 오른다
날개 없는 새다
새보다 빠르다
어느새, 날아 올라갔다가
가슴속으로 다시 스며드는 새
새는 숲에서 살아야 한다
어머니는 숲
그 숲은 요세미티 숲처럼 술렁거린다
어머니의 숲에는 새들이 가득하다

눈사람

눈이라고 말하는 순간 눈은 형상을 얻어
만져볼 수 있나요
당신이 입을 열어 첫눈이라고 말하는 순간
눈이 녹아버려요
처음 본 눈동자 잊을 수 없어
첫눈에 반해 버렸어요
눈꽃요정이 사는 설국에 함께 살기로 했지요

자작나무눈사람은사시나무눈사람호수눈사람우체통눈
사람의자눈사람
영원히 녹지 않을 눈사람 없나요

계절이 없는 눈꽃나라
눈에 넣어도 아프지 않은 얼굴을
마주 보고 서서

만져볼 수는 없어도 절대로 녹아내리지 않으려고
눈사람이 되어버렸어요

맥버니 포인트
—늪으로의 초대

긴 시간이 쌓인 늪으로 달린다. 늪 위로 프로브 끌고 간다. 메마른 길 위에 차가운 젤을 바르고 가끔 통점을 건드린다. 검은 물결 출렁인다. 심호흡, 멈춤의 반복, 유전자 노트를 해독하는 건 아니겠지만 내 안에 오래 살고 있는 늪. 간간이 쓰르라미 소리 들리고 아카시아 향기를 두른 언덕. 밤꽃 자리들이 얼룩얼룩 스쳐 지나가며 파동 친다. 지렛대처럼 받치고 있는 간과 콩팥과 요도의 길까지 따라간다. 부메랑 모서리 같은 골반뼈 근처까지 숨은 그림자를 추적하기 위해 매초 2만 헤르츠 음파를 따라 이동한다. 맥버니 포인트를 빙빙 도는 프로브. 해독할 수 없는 늪 속엔 깡마른 소금쟁이 여럿 숨어 산다. 물안개 피어오르는 새벽 같은 이곳엔 알 수 없는 음파의 산란, 내 늪으로 날아온 메마른 부정의 씨앗들에게 긍정의 봇물을 부어라. 샛별아! 오늘 저녁엔 가시연밥 배불리 먹고 달맞이꽃으로 피어라.

방향

죄와 기도는 같은 방향인가 구부러진다 구부러진다고 해서
모두 기도가 되는 것은 아니겠지만 기도의 방향은 하늘일까
땅일까, 수직으로 각을 세운 얼음이 고드름이라고 할 때
물은 차차 녹아서 아래로 향해 떨어지고
돌에 구멍이 뚫릴 때까지 기도를, 기도를 한다

기도는 저 발끝에 있다 발이 저려온다 정신의 정수리에서부터
발을 타고 뿌리에 닿아 흔들리지 않는 또 다른 봄

기도는 뿌리에서부터 올라오는 것, 바위틈에 뿌리를 둔 소
나무의
각이 위태롭다 새의 날개도 처음엔 접혀 있었다

엄마가 아이를 보는 각도는 대개 비슷비슷하다
각을 세운 바지 아래 구두를 내려다본다
죄와 기도가 방향을 잃고 흔들린다 좀 더 기울여 봐,
기도가 들리니, 보이니, 고여있니,

발아래 저쪽 땅속 뿌리 쪽에서부터 올라오는 소리
죄와 기도는 다시 구부러진다 기도도 어딘가

무너지고 싶을 때가 있다

죄의 각에 초점을 맞추면 죄 아닌 것이 없다 죄도 어딘가
기댈 곳이 필요하다
선과 악의 등이 꼿꼿해지고 죄의 젖은 눈이 기도 쪽으로 향한다

바람 2

쌀독 안에 넣은 손의 한기

부뚜막 가마솥 뚜껑 사이로 빠져나오는 밥물 소리

겨울 저녁 밥상을 들고 문지방을 넘어오는

어머니의 치맛자락 냄새

아버지 오동나무 베개와 어머니 솜 베개 사이

천 길 낭떠러지 아래 손을 씻었다는 아버지

춘자 엄마 볼우물에 또 한번 빠트린 발

솟대에 앉은 기러기와 하늘을 덮은 새털구름

싸리 울타리 꽁지 빠진 수탉이 빠져나간 구멍

국수 가게 나무틀 햇살을 타고 회오리치는 국숫발

낡은 의자

너는 늘 앉아있고 나는 걷기만 했는데 너는 주름 사이 실 핏줄이 터지고 짓무른 곳이 너무 많다 25년 동안 한곳만 바라보고 앉아있었으니 웬만한 도道는 다 터득한 자세다 나는 많이도 걸었는데 멈추어 앉을 곳이 없다

양말 속에 감추는 산타클로스의 선물도 몰래 훔쳐보고 비오는 날이면 거실 유리창에 달라붙은 청개구리들과 놀던, 차례상에 들르시는 증조부모 얼굴도 모두 기억하는, 첫 휴가 나온 아들들의 별 같은 눈빛도 기억하는

이젠 너도 눈감을 때가 되었구나! 슬쩍 작은 소리로 말하는 내 말을 알아듣고 한 십 년 그 자리 더 지키겠다고 궁둥이 벽 쪽으로 바짝 끌어당기는

네 몸이 낡고 삭아서 가라앉는 것도 모르고 사람을 앉히는가, 나도 누군가의 의자가 되어 낡아가지만 네 살가죽 속에서 들려오는 힘에 겨운 소리를 듣는다 먼 옛날 꽃 살내 풍기는 몸이었다는 걸, 아득한 깊이였다는 걸

제비장醬, 분꽃장醬

1

제비야 부르면 까마득하다 제비꽃 하고 부르면 덩달아 대답하는 것들 자운영이 토끼풀이 쇠스랑에 걸린 지렁이 굼벵이까지 쩔렁쩔렁 방울 울리며 황소 발자국이 논두렁 밟고 나가 아지랑이를 몰고 온다

오다가 장독에 지랑 푸러 온 엄니와 부딪치면 멀리 냇가에 서있는 미루나무 꼭대기로 종달새가 날아간 자리 논과 밭이 날아간 자리 장독이 날아간 자리 까마득히 솟은 은하수 아파트 목련 아파트

아파트 창문틀에 어깨를 걸친 목련꽃 거실 안쪽엔 나비도 벌도 없이 제비꽃 열두 송이 나도 덩달아 방광에 꽃이 고이는지 봄비가 꽉 차서 싱숭생숭

2

내가 제비꽃 군 제비꽃 양 하다가 언뜻 외할머니 생각, 길일 찾아 말날 찾아 장독 신을 만나러 가신다며 자갈 소복한 뒤꼍 물청소하는 날 토닥토닥 종그래기로 물을 붓고 채송화도 오세요 맨드리도 오세요 제비 불러 모신다

>

샥샥 장독과 자갈들 목욕재계시킨 후, 개다리소반에 정화수 올리고 두 손 모아 합장, 소금 신을 부르고 물동이로 나른 샘물 속에 메주를 띄운다 마른 햇빛도 저어 넣고 젖은 그늘도 조금 비벼 넣고 비나이다 비나이다

장독 안으로 꽉 차오르는 물의 신들, 빗줄기가 간을 보고 장독 근처로 콩깍지들이 튀어 오를 즈음 비로소 간이 배어 소금 신이 오른 간장, 간이 아니 밴 것이 없으니 간장 단지는 단지가 아니고 사람이 된다

3

장독들도 식구라며 제비 장, 감꽃 장, 민들레 장, 분꽃 장, 다 모인 장독 둘레 저녁놀까지 바짝 졸여 어둠이 된 길, 소금과 메주가 사귄 시간 따라 제 간의 깊이가 더해 간다

제비가 오듯 할머니가 엄니가 봄바람까지 따라와서 볼그레한 고추와 참숯 사이 꽃잎을 어루만지듯 술이 고이듯 고이는 얼굴

보따리 엄마

엄마는 보따리
보따리를 들어야
엄마가 되는 줄 알았다
보따리 없는 엄마는
기울어진다
나를 내려놓으면
짐이 나를 누른다
가벼워지는 법을 너무
늦게 알았다
보따리 없는 엄마는 바람에
날아갈 준비가 되어간다
엄마를 조심해라
날아가는 새는 보따리가 없다
맨손도 무거워 손을 놓고 있다
보따리가 없어 미안하다
남은 보따리는 미련 없이
치워주길 바란다
보따리 없는 엄마들은 외출을 하지 않는다
자랑이던 보따리 머릿속까지 모두
짐을 싸놓았다

빈 보자기만 고향 집에
누렇게 앉아있다

낭만 택시

라디오에서 〈시월의 어느 멋진 날에〉가 흘러나와요
뒷모습과 목소리, 얼핏 눈이 마주쳤던가
길이 있는 곳이면 달려볼까요?
없는 길도 만들면 된다고
몸이 시키는 대로 따르라던가
추억은 아무도 훔쳐 갈 수 없지요
흥정 같은 거 해본 적 있지 택시는
낭만 쪽으로 핸들을 꺾었다
못 들은 척 달리면 되는 거다
어디로 가는 걸까? 슬쩍 눈만 감으면
되는 거다 꿈속에서 듣는 말이겠지
불꽃나무 그늘 아래 잠시 쉬고 샹그릴라에서
엘도라도까지, 지구에서 500광년 떨어진 별
안타레스까지 가자고 했다 공중 정원 어딘가에
꼭꼭 숨은 전설의 코발트블루
아주 오래전에 마주했던 핑크레이디 칵테일 잔에
어른거리던 소녀의 얼굴
(내 눈에 마주치는 너를 원해)

봐! 넌 아직 푸른색이야

>
어디까지 가세요? 낭만까지요
나는 가는 길을 잊어버렸다

망종 무렵

사랑채 토광에 들어있는 씨오쟁이도
허리띠를 풀 때가 되었다고 했다

어머니는 꽃물을 뜨듯 흙을 달래며
씨앗을 들인다

시간도 귀가 있어 다 알아듣는다고
마파람이 불어오면 곡식들도
혀를 깨물고 잘 자란다고

까치수염은 꽃이 필까 말까
까마중이도 익을까 말까

셀 수도 없는 저 빛들의 그물에 꿰매어지는 것들
햇빛이 동이 날 만큼 어머니 손은 바빠도

어머니는 맨입을 다시는 어두운 아궁이를 들여다보며
골아터진 재를 뒤적여 보다가
마중물 하듯 재바르게 보릿대 짚 한 아름 밀어 넣는다

>

뒷산 까마귀바위에 앉아서 허기를 달래는 저녁노을에게
도, 이열치열

약이라도 되는지 펄펄 끓인 물 한 사발 안겨 주고 싶은
가 보다

순연純然하다

　태양은 풀과 나무를 재는 줄자를 가지고 있다 맥문동 꽃
잎 위로 벌과 나비는 다녀가기나 한 걸까? 보도블록 옆 흙
먼지 뒤집어쓴 맥문동 빛의 줄자가 닿은 곳마다 반짝이는
흑자색 열매들 한낮에 태양은 사물들의 등짝에 보이지 않
는 지도를 그린다 실핏줄을 점검하고 심장과 혈구들에게까
지 전자기파로 스며들어 몸 위에 검버섯 구름무늬 옷 입히
고 빌딩 숲 유리 감옥 안쪽을 기웃거리며 불나비로 날아든
다 낮을 견딘 태양은 서산 기슭에 노을로 앉아있다가 제 몸
을 어둠에게 먹인다 어둠은 다시 별무늬 옷을 걸치고 별똥
으로 흘러내린다 그늘 속에 핀 비비추는 비비추로 족두리풀
은 족두리풀로 그늘도 빛도 한자리에 앉혀 놓고 조율한다
가는 곳마다 빛은 꽃을 낳고 씨앗을 키운다 빛은 똥인가? 모
든 열매들은 빛이 낳은 똥, 해의 똥

커피 아이

커피가 이렇게 캄캄한 아이인 줄 몰랐습니다
아이의 손은 검고 커피콩을 따는 아이들의
손은 너무 작습니다
커피콩의 눈도 붉어집니다
커피콩 한 알 한 알은 검고, 작은 손들이
따 온 별
조막손이 따 온 별들이 얼마나 많이
모아져야 한 잔의 커피가 될까요
그 한 잔이 목구멍으로 넘어가는 순간
다시 뜨는 별이 되나요
누구의 정신이 맑아지나요
에스프레소같이 어두운 밤을 밝히는 불면
커피의 힘으로 하루를 들어 올린다 해도
멀고 먼 나라
아이의 손에 슈퍼 손가락이라도
달아주고 싶습니다

제비꽃

저 혼자 끓고 있던 시금칫국이 다 졸았다

거울을 오래 보면 엄마가 보인다

꽃의 시간은 짧고 풀 속에 숨은 제비꽃

오늘은 제비꽃 밥상

파란 대문도 열어놓을까 보다

꽃이라는 이름보다 풀이라고 말하는 사람

풀조차 미안한 사람

너무 가까이 있어서 잘 안 보이는 사람

잊을 만하면 눈보라 뚫고 와서 손 잡아주는

제비꽃 고개 숙여 오래 바라보고 있다

이슬 단추

아침에는 단추를 채우면서 시작한다 이때의 단 자는 아침 단旦이다 단추조차 잠그지 못할 때, 어머니 가슴에 맺혔던 멍울들 스르르 풀려 버렸다

이른 새벽, 이슬 단簿에 매달릴 추縋 육십 년 서로 단추로 꼭꼭 여미고 사셨다 이슬주조차 딱 끊으신 아버지, 어머니 손잡고 매듭 없이 여미고 풀어놓아 주는 이슬 단추가 부러워 채마밭으로 풀숲으로 다니시며 발등을 내어주고

달팽이 껍데기같이 좁은 방 고물고물 오 남매 비단실로 술술 풀어내시고 이슬로 매달려 사는 법과 지우는 법을 몸소 실천하고 계신 어머니 더듬이 닮은 느린 손으로 한쪽에서 이슬점을 치고 계시다

계룡산 자락 영규대사 비문 아래 오래전에 써놓으신 아버지 글씨는 달필達筆, 이제는 듣지 않는 왼손을 기억 삼아 천천히 붓대를 세워 모시고 집자성교서集子聖敎序 펼쳐놓으신다

힘없는 오른손 이제는 모두 순필淳筆이시다

늙은 망고*

주렁주렁 달려 있다 잘린 고목에 망고
누드의 몸으로 매달려 있다

200년 묵은 고목에 망고
노골적인 망고, 망고밖에 없는 망고

불쑥 생각나는 수유授乳

늦젖 불듯 퉁퉁 불은 망고

핏줄이 튀어 오른 손등을 흔들며

망고는 망고를 설득한다

젖은 바닥으로 누워 나비를 쫓던 망고

망고의 망고는 부드럽고 딱딱하고

단물을 다 놓아버린 쓰디쓴 망고의 할망고들이

마른침을 삼키며 주렁주렁 앉아있다

* 늙은 망고: 베트남 망고나무. 너무 오래되어 잘라버린 망고나무 사
  진을 보고 쓴 시.

끈을 타고

보이지 않는 끈의 방향으로 날아가는 비행기
이미 다른 끈들을 놓고 온 순간부터
기록된 방향으로 데리고 간다

보이지 않는 방향으로 끈을 풀어놓는지
심하게 흔들릴 때마다 의자에 앉아 벨트를 조인다

구름 위로 날아갈 때마다 생각나는 끈들
원피스 허리에 매달린 리본과, 엄마와 함께 만든 도넛
풀꽃 목걸이와 풀 반지가 매달린 책가방
여름밤의 별자리와 원두막 위의 낮잠
담장 밖을 빤히 내려다보는 해바라기의 얼굴

놓친 시간 속으로 사라진 수많은 끈들

비행기와 한 몸인 사람들이 벨트를 다시 조인다
고도를 낮추고 있는 비행기
끈의 저항이 완전히 풀릴 때까지
속도가 속도를 내려놓을 때까지

>
빙빙 돌고 있는 수하물들
푸른 끈이 달린 가방이 내게 내미는 손

열린 가방 속에서 주르륵 끌려 나오는 풀여치 닮은 시
의 메모들
할머니! 하고 부르는 아이의 손

목젖이 보이는 골목

해의 목구멍을 빠져나오다 걸려 솟은 산
복숭아뼈 하나가 이곳에 있지
목에 하나 발목에 하나

목젖은 몸을 지키는 호랑이
호르몬의 꽃이 고이는 골목
남자를 감출 수 없는
장미꽃 냄새를 부르는 늑대의 막다른 골목
바람만 불어도 넘어가는 소녀의 골목

종을 흔들며 외치는 두부 장수
편도선이 부어올라 지새던 밤
술과 담배가 드나들다 목이 쉬었다
동치미 국물도 넘기지 못하고 사라진 연탄가스
마당 한구석에 목 뚫린 대추나무

휘파람 소리에도 부드럽게 열리던 창문
안 보이는 목소리를 찾아 떠났다가 집을 잃어버렸다
내 몸 안 모르는 골목들 안 들리는 소리들

목 아래로 눌러버린 말들이 쏟아낸 울혈
감나무 꼭대기 말라버린 꼭지 목젖만 남기고

절창 絶唱

들판은 맛있는 책이다
만권 사서로 펼쳐놓은 황금의 책
태양의 바느질로 모두 익었다
잘 익은 이야기들이 달빛 받아 환하다

대지의 어머니가 빛과 어둠으로 빚어놓은 진본眞本
읽고 또 읽어보아도 배가 고프다
당연조차 놓치고 허와 기를 읽었나 보다
이전에도 이후에도 가본假本 같은 건 지을 줄 모르는

진실들로 고개 숙인 저 들판을 나는 왜
어머니 아버지라 부르고 싶은가
궁창穹蒼 아래로 절창絶唱이신 어머니!

뿌리를 움켜쥐고 버틴 저 삶들 모두
어머니가 주시는 밥이 분명한 것은
내 배꼽 자리와 탯줄로 이어진 샘,
어머니의 바다가 있어서일까

굴렁쇠

지구가 굴러간다고 말하자 굴렁쇠가 생각났다

바람을 굴리는 풍향계 속으로 새소리가 굴러갔다

새소리와 함께 돌확에서 떨어지는 물방울 소리

굴렁쇠가 담벼락에 기대어 서있다

마른 낙엽들이 대문 쪽으로 굴러갔다

종이 매달린 문을 열자 소리들이 굴러떨어졌다

놀이터에서 굴러가던 아이들의 목소리가 뚝 그쳤다

머물러있던 것들이 다시 굴러갑니다

길가 풀잎들 이슬방울 하나씩 굴리고 있다

모과나무 그림자가 저녁노을에 차츰차츰 길어졌다

내 안의 자연, 자연 속의 나

황정산(시인, 문학평론가)

1. 들어가며

김소월이 「산유화」에서 자연에서 분리된 인간 존재의 고독을 노래한 이래 자연은 우리 삶의 바깥에 존재해 왔다. 아무리 유기농 농산물로 식탁을 꾸미고 자연 섬유로 만든 옷을 입고 또 매주 자연 속에서 레저를 즐겨도 우리 삶은 이미 자연과는 별개로 존재한다. 철저하게 인위적으로 계산된 도시 속에서 자연의 순환과는 전혀 관계없는 시간의 분할 속에서 노동하고 자연에서 여러 단계를 거쳐 만들어지고 유통되는 음식을 섭취하고 또 인공의 음악과 영상으로 휴식을 취한다.

그럼에도 불구하고 우리는 자연으로의 회귀를 항상 꿈꾸고 산다. 왜 그럴까? 자연은 모든 생명들의 근원이고 우리 삶의 원천이기 때문이다. 그러므로 그것은 거대하고 원대하고 영원한 존재이다. 때문에 자연은 인간의 손이 미치지 못하는 신의 영역이기도 하다. 그것은 근원적인 생명에 대한 지향이기도 하지만 또 한편으로는 인공적 삶이 가지는 근본적인 허무주의에 대한 저항이기도 하다.

그 자연을 우리 인간들이 어떻게 인식하느냐는 시대에 따라 사뭇 다르다. 동양의 전통적인 사상에서 자연은 그 자체가 세상의 이치였다. 곧 자연에 순응하는 것이 하늘의 도리를 실천하는 것이었다. 반면 근대 서양에서의 자연은 철저히 타자화된 자연이다. 근대인들은 자연을 인간과 분리하여 그것을 순치하고 개발하고 가공해야 인간과 세상의 행복을 높이는 일이라 생각했다.

하지만 탈근대가 운위되고 있는 현대 사회에서 자연은 또 다른 모습으로 우리에게 다가온다. 자연을 타자화하는 인간 중심의 근대적 사고에 대한 문제 제기와 환경 보존의 필요성이 강조되면서 자연은 다시 중요한 의미를 가지게 된다. 하지만 포스트모더니즘 환경에서의 자연이 과거 전통적 세계관에서의 자연과 같을 수는 없다. 때로 혹자들은 과거의 회귀를 통해 근대를 넘어설 수 있다고 말하기도 하지만 그것은 시간을 거꾸로 돌리는 시대착오일 뿐이다.

근래에 들어 자연을 주제나 소재로 하는 작품들이 많아지고 있다. 자연을 소재로 하는 작품들의 경향은 대개 두 가지이다. 하나는 목가적인 자연 예찬을 보여 주는 경우이다. 자연에서 안식과 삶의 의미를 찾으려는 이러한 경향들이 서정이라는 이름으로 또는 동양적 자연관의 회복이라는 의미로 다시 조명받고 있는 것도 사실이지만 현실적 삶의 현장에서 분리되고 또한 현대적 감성으로 변용되지 못한 이러한 자연 친화적 시들은 과거의 음풍농월을 크게 벗어나지 못하고 있다고 해도 과언은 아니다. 또 하나의 경향은 환경 보호와 생태주의에 기반을 둔 문명 비판적인 시각이다. 파괴와 폭력으로 치달아 가는 현대 문명의 비생명성과 폭력성을 자연을 통해 치유하고 해결할 수 있다는 관점이다.

　김복태 시인의 시들 대부분은 자연을 소재로 하고 있다. 하지만 다소 식상하기까지 한 위의 두 경향과는 또 다른 자연의 노래를 그는 우리에게 들려준다. 그의 시의 자연은 회복해야 할 과거도 아니고 찾아나가야 할 미래도 아니다. 도피해야 할 공간도 아니고 자금 여기를 대신할 이상적인 피안도 아니다. 내 삶에 침윤된 그리고 내가 그곳에 스며들어 살고 있는 그 자연 그대로의 모습을 전혀 새로운 방식으로 조명하고 있다. 여기에 그의 시가 가진 독특함과 새로움이 있다. 그 점을 좀 더 살펴보기로 한다.

2. 자연 속의 삶, 삶 속의 자연

　김복태 시인의 시 속에는 자연이 자주 등장한다. 그의 시의 대부분은 자연을 주제로 하거나 자연이 소재가 된 경우가 많다. 하지만 서두에서도 지적한 바 있지만 그의 시의 자연은 좀 특이한 면이 있다. 자연은 도달해야 할 미래도 회고해야 할 과거도 아니다. 지금 바로 여기의 자연이다. 내 삶 속에 얼마나 많은 자연적 요소들이 들어와 있는지 그리고 그 반대로 우리가 마주치는 자연물 속에 우리 삶의 흔적이 어떻게 드러나 있는지를 섬세한 시선과 언어로 우리에게 보여 준다. 가령 다음과 같은 시를 보자.

단추 박물관에 갔다 고리와 고리로 얽어맨 단추, 헝겊을 꼬아서 만든 단추. 조개껍질, 나무, 호박 단추 어느 가을 날 실도 없이 맥문동 몸 끝자락에 새까맣게 엉겨 붙은 단추들 햇빛은 어느 박물관에도 없는 단추를 풀꽃 위에 나무 위에 만드는 걸 알았다 자연은 단추 박물관 저절로 잠기고 저절로 열리는 자동 단추 공장 사람 몸속에도 단추를 만드는 공장이 있다 엿같이 사탕같이 달콤한 공장 햇빛보다 달콤한 눈빛단추로 그는 나를 꼭꼭 여미고 살아간다 마음으로 열고 잠그는 사랑단추 제일 예쁜 단추는 햇빛이 만들고 그중 달콤한 단추는 마음이 만든다 설당雪糖, 설탕 아니, 서당西塘 단추 박물관에는 햇빛단추 눈빛단추 마음단추 들이 주렁주렁

—「단추 박물관」 전문

시인이 실제로 중국 시탕에 있는 단추 박물관을 보고 나서 쓴 시이다. 그런데 시인이 박물관에서 본 것은 그 모든 단추가 다 자연에서 온 것이라는 사실이다. 모든 단추들이

다 자연물로 만들어져 있을 뿐만 아니라 자연 그 자체가 단추이기도 하다는 생각까지도 하게 된다. 이 시에서 단추를 매개로 사람의 마음과 사람의 삶과 그리고 자연이 모두 하나로 이어져 있음을 시인은 보여 주고 있다. "제일 예쁜 단추는 햇빛이 만들고 그중 달콤한 단추는 마음이 만든다"라고 하여 나의 마음과 햇빛이 모두 단추 공장이 되어 자연의 일부를 형성해 가고 있다. 단추라는 인위적인 사물이 결국은 자연의 흔적이며 자연의 산물이며 자연과 우리를 이어 주는 매개물이기도 하다는 것이다. 자연은 나의 삶 밖에 있는 것이 아니라 우리가 만지고 사용하고 있는 모든 것이 사실은 다 자연으로부터 온 것임을 시인은 넌지시 우리에게 알려 주고 있다.

다음 시 역시 비슷한 방식으로 이해할 수 있다.

김밥 둘레에 여럿이 모여 앉아있다

김밥도 한때 뜨거운 꽃이었나

빨강 노랑 파랑 수술이 잘려있다

동백꽃은 칼의 명령이 없이도 목을 자르는 누가 있다

칼이 스미지 않으면 향기도 빛도 모르는 검은 몽둥이 김밥

노오란 꽃술이 없으면 동백이 아니듯

포정의 칼이 소를 모시듯

동백을 자르는 바람의 칼이 무디어진다면

꽃이 아닌 핏방울

김밥을 먹으며 잘린 동백의 끓는 피를 생각한다
　　　　　　　　　　　　　　　—「칼의 동행」전문

"김밥도 한때 뜨거운 꽃이었"다는 말은 김밥의 모든 재료들이 사실은 다 자연의 것들임을 말하는 것이다. 시인은 김밥을 자르면서 피어있는 채로 꽃 목이 잘리는 동백꽃을 생각한다. 왜냐하면 김밥 역시 그 안에 아직도 피어있는 꽃이 있다고 생각하기 때문이다. 우리가 일용하는 양식이 다 자연의 산물이라는 너무도 자명한 진실을 다시 한번 충격적인 이미지로 이 시는 우리에게 각인시켜 준다. 또한 이 김밥은 우리의 삶에 대한 은유이기도 하다. "김밥 둘레에 여럿이 모여" 있는 것과 마찬가지로 갖가지의 재료들이 함께 모여 김밥을 만든다. 우리의 삶이 그렇고 우리가 사는 사회가 그렇다. 김밥을 자르는 칼은 그런 사회 안에서의 관계를 배분하는 어떤 힘이다. 그것이 없으면 동백의 붉은 꽃이 피가 되듯 사회적 삶이 파괴되고 폭력적 결과가 일어나게 되리라는 것을 암시하고 있다.

　다음 시는 우리가 쓰는 말에서 자연을 본다.

　　'보고 싶다'가 아주 작은 민들레로 앉아있다
　　노랗다 샛노랗다
　　'오래오래 보고 싶다'가 하얗게 날아오른다
　　'보고 싶다'는 너무 멀리 간다
　　별들이 수없이 흘러내린다
　　물길이 생겨나고 흐른다
　　계절도 없이 열매도 없이
　　이 말의 일생이 쏟아져 내리면
　　몹시 푸른 바다가 된다
　　물속에서 소금 타는 냄새가 난다
　　이 말은 바다라고도 하고 폭포라고도 하고
　　보이지 않는 섬이라고도 한다 몹시 푸른
　　이 말이 부러진 나뭇가지 사이에 걸려 있다
　　잘라낸 손톱 닮은 그믐달이 왼쪽으로 눕는다
　　날이 밝으면 또 어디론가 가버린다
　　'보고 싶다'는 달 속의 짐승인가
　　캄캄해지다가도 환하게 떠오르는
　　　　　　　　　　　—「보고 싶다는 말이 핀다」 전문

　이 시는 인간과 자연 사이, 좀 더 정확하게는 사람의 말과
자연 사이에 존재하는 공통의 근접성을 말하고 있다. 특히

"보고 싶다"라는 그리움을 표현하는 말 속에서 자연의 모습과 향기와 냄새와 빛깔을 찾아낸다. 인간의 가장 절절한 욕망과 그로 인한 감성을 담아내는 이 "보고 싶다"는 말은 자연과의 관계 속에서 이루어진 구체적인 이미지들로 감각된다. 꽃, 별, 바다, 섬, 달 같은 자연물들이 "보고 싶다"는 말과 함께 환기되는 것은 우리의 삶 속에서 항상 느끼는 결핍감이 이런 자연물들의 부재에서 기인하는 것임을 얘기해 주는 것과 동시에 이들 자연적인 것들이 우리들의 삶에서 지워지고 숨겨지고 있다는 것을 함께 말해 주고 있다. 하지만 그럼에도 불구하고 우리의 모든 의식과 감성은 이런 자연적인 것들로부터 결코 벗어날 수 없어 "보고 싶다"는 근원적인 욕망을 우리 내면에 키우고 있다.

시인은 이렇게 자연 속의 나, 내 안에 있는 자연을 찾아내고 있다. 그것을 통해 내가 자연의 일부라는 너무도 당연한 상투적인 인식만을 하는 것이 아니라 자연이 내 의식과 무의식 속에 깊이 침윤되어 결국 자연과의 관계 속에서만 나를 바라볼 수 있다는 그런 철학적 성찰을 해준다. 자연은 유유자적하며 살아가는 도피의 공간이거나 사라져가고 파괴되어 가는 소멸하는 것이거나 회복해야 할 어떤 유토피아가 아니라 지금 여기 나를 지배하는 모든 감각들의 부분이며 전체이다. 김복태 시인의 시들은 바로 이런 깨달음을 우리에게 확인시켜 준다.

3. 중층의 시선과 다성의 목소리

김복태 시인의 시들이 특징적인 점은 위에서 설명한 자연을 대하는 방식에만 있지 않고 그것을 형상화하는 시적 표현 방식에서 더 두드러진다. 자연과 인간의 복잡한 공통적인 연관성을 드러내기 위해 시인은 여러 개의 교차된 시선으로 세상을 바라본다.

꽃을 피우는 순간들이 모두 칼이었을까
평생을 쥐고 휘두른 혀의 칼들
슬픔의 벼랑 같은 잎 속의 붉은 혀
안으로, 안으로 타올라 불을 밝히던 여자

누구나 한 번쯤 꽃의 술래가 되는 것

허공을 향해 팽팽하게 꽃을 당기는 하루
분명 꽃이었는데 절벽도, 폭포도 온데간데없다
물소리로 잠시 몸을 입고 찰나를 살다 간 그녀

숨은 칼을 찾으러 가자
혀의 칼들은 빛나는 울음이 되어
모르는 너로 다시 태어난다.
부릅뜬 길 위 꽃의 비명.

시위를 벗어난 칸나에게 문득, '우린 모두
하루잖아'라고 말할 뻔했다

길 가장자리 가을을 다 부딪치고도
붉은 피가 도는 칸나꽃, 무리 위로
까마귀 한 마리
노을을 잔뜩 물고 공중으로 날아오른다

—「문득, 칸나」 전문

　시인은 칸나를 바라보며 시를 쓰고 있다. 하지만 그 시
선이 칸나로 옮겨지는 순간 그래서 그것을 '너'라고 부르는
순간 시선은 칸나의 것으로 바뀐다. 3연에서 '절벽'과 '폭포'
를 찾는 시선은 시인의 시선이 아니라 시인에게서 옮겨 간
칸나의 시선이다. 그러한 시선은 "빛나는 울음이 되"기까지
모두 칸나의 것이다. 그러다 시의 마지막 부분에서 시인의
시선은 다시 "까마귀 한 마리"로 옮겨 간다. 여기에서 우리
는 어쩌면 이 모두가 공중에서 보고 있는 "까마귀 한 마리"
의 시선일지도 모르겠다는 짐작을 할 수 있다. 이렇게 이 시
는 다양한 시선들이 중층으로 엮여 만들어진 이미지를 보여
준다. 자연과 시인의 시선이 혼재되어 자연이 보는 것이 우
리 인간이 보는 것이고 그 차이와 공통점 속에 자연의 본 모
습이 존재함을 우리에게 넌지시 일깨워 준다.
　중층의 시선은 또한 다양한 목소리를 불러낸다.

말들은 여전히 당근을 좋아하고 고양이는 언제나 발톱을
감추고 있지 흰말은 긴 다리와 꼬리, 동물들은
영역 표시를 잘하는 편이지

백년은 누군가의 이름 백년은 너무 오랫동안 집을
비웠군, 청소부들이 필요했을까? 마른 들판은 토끼
들의 운동장, 토끼들의 놀이터였지

동물원의 주인은 백년인데 청소부들은 마른 숲속을
가로지르고 푸른 거북이는 강가에서 낮잠을 자는 동안

백년은 고개를 갸우뚱 뒷손질로 또 다른 백년에게
엉덩이 뒤에 감춘 바통을 슬그머니 넘기고 있네

구름은 울고 싶어도 울 수 없어서 한강 위에 까맣게
멈추어있지 보이지 않는 별들도 궁리를 찾아 밤하늘을
떠나지 못하고 바다 쪽으로 말을 잃고 흘러가는
백년의 눈물, 소금꽃이 되었겠다
보이지 않는 백년에게, 안부를 물을 수 없네
　　　　　　　　　—「백년의 토끼와 흰 말과 고양이」 전문

　시인은 동물원을 얘기하면서도 동물원의 동물이 아니라
우리가 흔히 볼 수 있거나 아니면 이야기 속에 자주 등장하
는 동물들의 모습을 보여 준다. 결국 동물원은 우리가 사는
세상에 대한 비유라고 생각해야 한다. 그런데 이 시에서 우

리가 눈여겨봐야 할 것은 각각의 동물들에 대해 말하는 방식이다. 한 사람이 여러 동물을 동시에 보고 그에 대해 말하는 것이 아니다. 각각의 동물들에 대해 각각 다른 사람이 말을 하고 있다. 말은 말을 돌보는 사람이 토끼는 토끼장을 치우는 청소부가 거북이는 동화를 읽는 어린이가 각각 그것들에 대해 말하고 있다. 이것이 무엇을 의미하는지는 "백년"이라는 단어에서 그 단서를 찾을 수 있다. "백년"을 사람 이름이라고 시인은 의뭉스럽게 말하고 있지만 "백년"은 백 년 후의 후손들의 모습이다. 백년이 백년에게 "바통을 슬그머니 넘기고 있네"라는 구절에서 그것을 알아챌 수 있다. 동물들을 보고 그것에 대해 말하는 다양한 시선과 목소리는 결국 이 백년에서 백년으로 이어지는 후손들의 시선과 목소리를 의식하지 않을 수 없음을 말해 주고 있다.

다음 시에서는 두 개의 목소리가 아예 서로 다른 어조로 분명하게 나타난다.

> 고양이 꼬리를 닮은 그녀의 입술에는 소리가 숨어 산다
> 나비라고 부르는 진짜 나비는 그녀
> 레몬티와 레몬그라스를 나르는 그녀는 발소리를 죽이고
> 카페 안을 서성거리다가 벽에 붙은 어항 속을 들여다본다
> 물방울과 그녀는 아무 말도 하지 않고
> 창밖의 레몬 나무는 제 몸속에 가시를 감추는 걸 아무에게도
> 들키지 않는다
> 와인을 즐기는 그림 속 마테라,

삶은 달걀을 굴리고 싶은 고양이와 실뭉치,
라라도 그림 속에서 나와 카페 안의 풍경이 됩니다
새와 개미와의 관계처럼 서로 무감하지만
나이가 깊어진 마테라는 억양이 한 뼘 낮아졌을 뿐
초록의 기억과 냄새가 그녀의 손끝으로 전해집니다
긴 침묵 속에 잠긴 그녀
냄새로 들키던 시절보다 레몬의 이름은 모든 이들의
위로가 됩니다

—「레몬의 첫 입술」 부분

시인은 처음에는 객관적인 시선과 어조로 한 카페 안의
모습을 보여 준다. 그때는 예사어의 말투를 사용하고 있다.
화자와 대상과는 거리를 두고 있다. 그러다 시의 중간부터
말투가 존대어로 바뀌고 있다. 누군가 한 사람을 불러내어
자기가 본 카페와 그 안의 여주인의 모습을 소개하고 있다.
한 사람의 목소리이긴 하지만 관계 속에서 각기 다른 두 인
물이 된다. 이런 두 인물의 각기 다른 목소리는 레몬이라는
상큼한 자연물과 그것과 관계되는 카페라는 공간에 어떤 입
체성을 부여하고 모든 사물과 공간들이 서로 긴밀히 연결
되어 동시적인 감각으로 우리의 몸에 인지되고 있는 그 순
간을 느끼게 해준다. 관념과 추상으로는 인식될 수 없는 자
연스러운 자연의 모습을 우리가 자연이 되어 함께 호흡한다
는 그런 느낌이 들게 해준다. 시인이 의식하며 썼든지 아니
든지 이런 표현의 변화는 김복태 시인의 시들의 큰 특징이

며 또한 장점이다.

　다음 시에서는 이런 다성성이 좀 더 간명하게 드러난다.

　　이팝나무에서는 울음소리가 들린다.

　　빈 쌀독에서 바람을 긁어모으던 손 때문이다

　　모르는 섬에서 들이받는 산 염소의 뿔 때문이다

　　아직 눈감지 못하는 유월의 눈동자 때문이다

　　바람은 이팝나무에 와서 잠을 깬다

　　울음의 기억들 오래된 이팝나무에

　　기대어 들어본다

　　산딸나무, 때죽나무, 가침박달……

　　북풍을 견딘 흰 꽃들 불러보면

　　다듬잇돌 위에서 울던 방망이 소리까지 들린다

　　　　　　　　　　　　　　　　　　　─「울음소리」 전문

　시인은 이팝나무를 보며 여러 울음소리를 듣는다. 가난
한 삶의 슬픔에서 나오는 울음소리, 외로움 속에서 살고 있
는 염소의 울음소리, 뿐만 아니라 모든 나무들이 북풍을 견
디며 내는 울음소리 먼 기억 속의 돌의 울음인 다듬잇돌 위
의 방망이 소리까지 한꺼번에 시인의 귀에 들린다. 이렇게
여러 존재들의 소리를 한꺼번에 듣는다는 것은 우리의 삶
이 나라는 주체의 인식과 사고 위에서만 존재하는 것이 아
니라 모든 사물과 존재들의 관계 속에 근거하고 있다는 것
을 깨닫는 것이다. 그리고 이는 생각하는 주체, 합리적 개

인으로서의 인간존재라는 근대적 사고와는 달리 주객의 구분이 없는 모든 주체들의 공존이라는 또 다른 대안적 세계관과도 연결된다고 할 수 있다. 다음 시에서 이 점을 확인할 수 있다.

들판은 맛있는 책이다
만권 사서로 펼쳐놓은 황금의 책
태양의 바느질로 모두 익었다
잘 익은 이야기들이 달빛 받아 환하다

대지의 어머니가 빛과 어둠으로 빚어놓은 진본眞本
읽고 또 읽어보아도 배가 고프다
당연조차 놓치고 허와 기를 읽었나 보다
이전에도 이후에도 가본假本 같은 건 지을 줄 모르는

진실들로 고개 숙인 저 들판을 나는 왜
어머니 아버지라 부르고 싶은가
궁창穹蒼 아래로 절창絶唱이신 어머니!

뿌리를 움켜쥐고 버틴 저 삶들 모두
어머니가 주시는 밥이 분명한 것은
내 배꼽 자리와 탯줄로 이어진 샘,
어머니의 바다가 있어서일까

―「절창絶唱」 전문

시인이 본 들판은 책이고 어머니이고 아버지이고 밥이고 바다이기도 하다. 그것은 나에게 생명을 주고 또 밥을 주고 책처럼 삶에 대한 지혜를 준다. 이 모든 것들의 혼재된 전체가 자연이고 나의 삶이고 또 세상이다. 거기에는 자연과 인간의 분리도 인간에 의한 자연의 지배도 없다. 내 안의 자연과 자연 속의 내가 존재할 뿐이다.

4. 맺으며

시는 대개 일인칭 화자의 목소리로 들려주는 말이다. 아무리 시인이 퍼소나를 둘러쓰고 다른 사람의 목소리를 흉내 내더라도 그것은 원래의 시인의 목소리를 그 안에 숨기고 있을 뿐이다. 중층의 시선이나 다성성의 목소리는 일반적으로 영화나 소설 같은 서사 장르에서 가능한 것으로 논의되어 왔다. 하지만 김복태 시인의 시들은 짧은 시편들 안에서 이 두 가지를 해내고 있다. 다양하게 교차되는 시선과 여럿이 함께 내는 목소리를 통해 그는 우리의 삶과 자연의 근원적인 힘이 서로 복잡하게 관련되어 있고 결국 우리는 이 자연의 거대한 기획 안에서 자연으로 살고 있는 자연적인 존재임을 다시 확인하게 된다. 이런 인식을 통해 이 시집의 시들은, 인간과 자연의 대립으로 인식되는 근대적 서양의 자연관과 자연을 이상적인 완전한 세상으로 간주하고 그 안의 안온한 도피의 삶을 꿈꾸는 전통적 목가적인 자연관과는 확연히 구별되는 또 다른 대안적인 자연관을 제시해 주고 있다. 그것은 아직 가보지 않는 세계이지만 그러나 우리가 꿈꿀 수 있는 세계이기도 하다. 시인은 그것을 다음과 같이 얘기한다.

> 안 가본 꽃이, 모르는 꽃이, 내 손목을 잡아끈다.
> 새로 태어나는 모르는 꽃 간판, 소문을 타고 번져갔다
> 너무 빨리 달리다 보면 어제도 안 가본 꽃일 때가 있다
> 어느 날은 여러 번 가본 꽃들의 문을 두드려본다
> 익숙함의 습관으로 가본 꽃들을 아프게 할 때가 있다
> 내일은 안 가본 꽃, 그 문을 열어보자
>
> ─「안 가본 꽃」 부분

꽃의 문을 여는 마음으로 이 시집을 읽으면 우리는 우리가 가보지 못한 또 다른 세계를 알게 되고 그곳을 향해 마음의 문을 열게 된다.